Idea original i realització editorial: Ara Idees

Primera edició: abril de 2008

Edita: Ara Llibres, s.c.c.l. Corders, 22-28. 08911 Badalona, Barcelona

www.ara.cat
www.cultura03.com

ISBN: 978-84-92406-60-9
Dipòsit legal: B-17688-08

La llegenda de Sant Jordi

ara
LLIBRES

Hi havia una vegada...

Fa molts, molts anys, el rei visitava la vila ducal de Montblanc, perquè una gran crisi preocupava el regne.

Havia arribat un monstre horrible a aquelles terres. Es tractava d'un drac alat, amb el cos de rèptil, tot cobert d'escates, esmolats ullals, grans banyes i unes llargues urpes.

El drac sembrava el terror per allà on passava: destruïa les masies i les viles, cremava les collites amb el seu alè de foc, devorava el bestiar i, malgrat que els habitants del país fugien espaordits tan bon punt veien el monstre, molt pocs aconseguien escapar-se'n.

Tal com solia fer, el drac es va dedicar a cremar i destruir per tots els voltants de la vila.
El rei, que estimava molt als seus súbdits, va ordenar que s'obrissin les portes per tal que poguessin entrar i refugiar-se. Ben aviat es va escoltar la veu dels sentinelles, que feien grans crits avisant que el drac s'apropava a la vila.
Molts es van tancar a les seves cases o fugiren a l'església. Tan sols els més valents van gosar pujar a les muralles de la ciutat per veure què feia la bèstia.

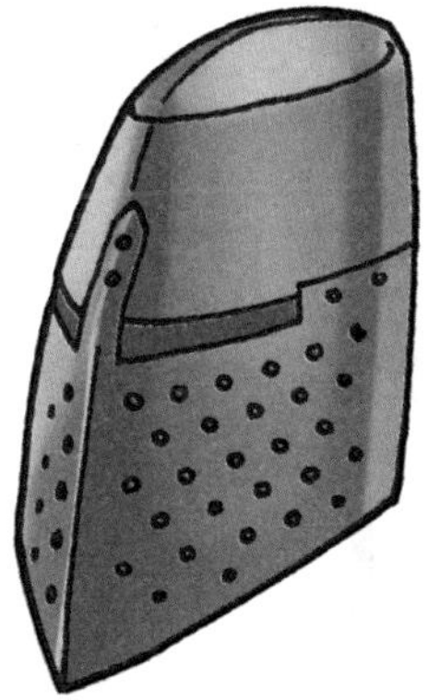

El drac rondava la vila, causant greus destrosses davant dels camperols que es lamentaven en veure que perdrien tot el seu aliment.
Al caure la tarda, quan el drac es va plantar davant del portal, el rei va ordenar que repiquessin les campanes de l'església de Santa Maria per tal de foragitar el monstre.
Però, malgrat que al principi l'estrèpit va semblar que li fes por, allà es va quedar el drac. Llavors, un valent cavaller de la guàrdia del rei va gosar sortir de la ciutat per tal de fer front a la bèstia. Pobre! El drac el va encalçar i se'l va cruspir en un tres i no res.

Una vegada havia comès aquella malifeta, el drac va cridar amb veu malèvola:

–Gent de Montblanc! Si no voleu que cremi la ciutat amb el meu alè de foc i que tots vosaltres quedeu ben rostits, heu de complir els meus desitjos i proporcionar-me un bon tiberi. No en vull pas d'ovelles, ni de vaques ni de pagesots. El que vull és cruspir-me una de les vostres filles, una que sigui ben jove i bonica. I si no m'oferiu una donzella, convertiré la ciutat en una foguera!

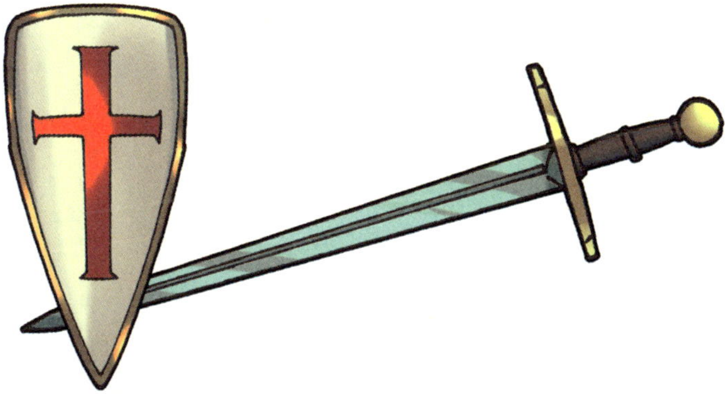

Els nobles i la ciutadania sencera de Montblanc es van horroritzar, i el rei més que no pas cap altre. Ben aviat es va organitzar la guàrdia de la ciutat per sortir a combatre contra el drac, malgrat que tan sols els més valents s'hi van atrevir.

Al sortir per la porta, el drac ja els estava esperant. I tot i que anaven ben protegits amb els seus cascs i armats amb llargues llances, cap d'ells no va poder ferir la bèstia, ja que les escates del drac eren molt dures. Un rere l'altre, els soldats van caure a les urpes del monstre.

El drac va cridar de nou amb la seva veu terrible:
–Gents de Montblanc! Si demà al matí no m'envieu una jove ben bonica perquè la devori, de la vostra ciutat i de tots vosaltres només en quedaran les cendres.
Un cop va pronunciar aquestes paraules, el drac es va posar a dormir a la riba del riu, confiat que, en despertar, un bon tiberi l'estaria esperant.

El rei no trobava cap solució per a aquell desastre. Si no cedia a les demandes del drac, la ciutat patiria una sort terrible, però si ho feia, sacrificaria una donzella a un monstre infernal.
Finalment, es va convocar un gran consell i es van sentir les opinions d'uns i altres. Ningú no volia parlar de cap sacrifici.
–Jo tinc tres filles i no me'n sobra cap!
–No serà la meva filla qui hi vagi!
Finalment, el savi conseller del rei va proposar una solució que, malgrat no ser pas bona, era ben justa: es tractava de fer un sorteig entre totes les donzelles de la ciutat per tal d'escollir la que hauria de sacrificar-se al drac.
–Així sigui! –va dir el rei–, que decideixi la sort qui ha de salvar-nos del desastre.

Amb plors i planys es va celebrar el sorteig ja entrada la nit, i totes les joves donzelles van posar-hi els seus noms. Però, ai!, la sort va voler que l'escollida fos la mateixa princesa Violant, l'estimadíssima filla del rei, una donzella molt bonica i volguda per tota la gent de la ciutat.
El rei ja pensava en com podia evitar tot allò, quan la princesa li digué:
–Pare, no pots lluitar contra la voluntat del cel. M'enfrontaré a la meva sort amb valentia per servir d'exemple al nostre poble, i així se salvarà la ciutat.

El rei estava orgullós del valor que mostrava la princesa Violant, i va accedir a contracor a que la noia sortís de la ciutat.

Totes les gents: els camperols refugiats, els elegants burgesos i menestrals i els nobles de la cort van omplir els carrers per mostrar el seu respecte a la heroïna. No hi hagué ni una sola ànima a la vila que no es commogués, i no va quedar un sol ull eixut.

En trencar l'alba es va obrir finalment la porta de la vila, i la princesa va sortir, deixant enrere amb pas ferm les muralles de la ciutat.

La princesa es va allunyar cap a la riba del riu.
Molts van pujar a les torres per tal de veure-la, però el rei es va quedar a la plaça, ja que no volia veure el trist final de la seva filla.
–Ningú no defensarà la meva filla? –preguntava.
Al cap de poc, una misteriosa figura va entrar per les portes de la ciutat.
Es tractava d'un cavaller vestit de blanc amb la creu vermella dels croats, l'espasa al cintó i l'escut al braç, amb llança i cota de malla, pujat dalt d'un majestuós cavall blanc. El cavaller es va apropar fins on era el rei, capcot, i el monarca se'l va mirar, amb els ulls amarats de llàgrimes.

–Qui sou vós, que arribeu a la meva vila en un moment de tant dolor? –li preguntà el rei al cavaller.

–Em dic Jordi –va respondre el desconegut–. Sóc un cavaller que ronda pel món i s'enfronta al mal, allà on aquest es trobi, per a major glòria del cel. He sentit que un drac assetjava la vostra ciutat i és la meva intenció acabar amb ell.

–Potser sou vós el cavaller Jordi de Capadòcia? –va preguntar el monarca, animat en sentir aquest nom que ja era famós.

–Aquest sóc jo!

–Ai, i tant que necessitem la vostra ajuda! Acabo d'enviar la meva filla a morir a mans del drac!

–Rescateu-la abans que sigui massa tard! –li pregà també la reina.

La princesa s'apropava ja on l'esperava el drac. Aviat va estar davant de la criatura, que li va dir:

–I tu, qui ets? A més de l'esmorzar...

–Sóc la princesa Violant –digué ella.

–Vaja, vaja. Jo que em conformava amb una donzella bonica, però veig que m'han enviat la mateixa filla del rei. Són tan covards que pensen que així em tindran content. Senyora princesa, a qualsevol altra me la menjaria crua, però a tu, et rostiré un xic abans...

El drac ja omplia la seva gargamella per llençar la seva terrible flamarada contra la princesa, que pregava al cel, quan de sobte una figura a cavall es va interposar entre tots dos.
Era el cavaller Jordi, que sostenia en alt el seu escut per protegir a la princesa. De la sorpresa, el drac va perdre la força de les seves flames i llançà un gran esbufec.

–Esteu bé, princesa? –li preguntà el cavaller a la donzella mentre l'apartava del perill.

–Sí, estic bé –va dir la princesa, molt sorpresa–. Però, ai!, em temo que ara serem dos els que correrem una terrible sort, ja que el drac és una criatura molt poderosa.

–No tingueu por, princesa, ja que per la voluntat del cel, jo acabaré amb la seva maldat –va dir el cavaller.

Dit i fet, el cavaller Jordi es va encarar amb el drac i va carregar amb el seu cavall cap a ell, alçant el seu escut i blandint la seva llança.

El drac es va abraonar sobre ell amb la boca molt oberta, molt enfadat de veure que algú li plantava cara amb tanta insolència. Els dos es van escometre en una terrible batalla que la princesa contemplava des d'allà la vora, sense voler allunyar-se perquè estava preocupada pel seu valent salvador.

El cavaller i el drac van lluitar molta estona, sense que cap dels dos aconseguís vèncer el seu enemic.

–Cavaller –va dir el drac amb la seva horrible veu– ja m'he cansat d'aquest exercici. Vull que em diguis com et dius, per saber-ho abans de matar-te i que ho pugui dir a tothom.

–Sóc el cavaller Jordi –va dir el valent–. I amb l'ajuda de Déu, avui serà el teu darrer dia sobre la Terra.

I dit això, Jordi va deixar anar el seu escut, empunyà ben fort la seva llança i carregà amb el seu cavall contra el drac.

I va voler la sort que la punta de la llança trobés un buit entre dues escates del drac, i s'hi va clavar, ben profunda, fins arribar al cor de la bèstia.
El drac va caure al terra ferit de mort, sagnant per la ferida i llançant uns terribles rugits.
La princesa va córrer cap al seu salvador, plorant.
I, per art de màgia, les llàgrimes d'alegria de la princesa van caure sobre la sang del drac i la transformaren en una rosa preciosa.
En Jordi va agafar la rosa i la va donar a la princesa, i tots dos van emprendre el camí de tornada a la ciutat, on la gent, que havia seguit el combat des de la muralla, va sortir a rebre'ls.

El rei estava tan content de tornar a veure la Violant que va oferir al cavaller la mà de la seva filla i, amb ella, el seu regne.

Però en Jordi s'hi va negar, explicant que havia de marxar per continuar la lluita per defensar els desfavorits. Els recomanà que honressin a Déu per la salvació que havien tingut i, poc després, se n'anà amb tant de misteri com havia arribat, i ningú més no el va tornar a veure per aquelles terres.

Des d'aquell dia, cada 23 d'abril els enamorats i les enamorades a Catalunya es regalen roses per commemorar la gesta de Sant Jordi. La seva història s'explica tant a Montblanc com a molts d'altres indrets del món, i Sant Jordi és l'heroi de tots aquells que tenen el cor de cavaller.

I conte contat, ja hem acabat!

Activitats

Activitat 1

Ai, que hem perdut la rosa! De totes aquestes flors, només n'hi ha dues que són ben bé igualetes.

Activitat 2

Has escoltat bé la història? Demostra-ho responent a aquestes tres preguntes.

1. Per què visita el rei la vila de Montblanc?

- [ ] **A.** Perquè estava de vacances.
- [ ] **B.** Perquè anava camí de Tarragona.
- [ ] **C.** Perquè ha arribat un drac a la comarca.

2. Com es decideix qui ha de sacrificar-se per la ciutat?

- [ ] **A.** El rei fa la tria ell mateix.
- [ ] **B.** Es demanen voluntàries.
- [ ] **C.** Es fa un sorteig entre totes les donzelles de la vila.

3. Què surt de la sang del drac?

- [ ] **A.** Una espasa.
- [ ] **B.** Una rosa.
- [ ] **C.** Una margarida.

Activitat 3

Si segueixes els fils de colors lletra a lletra descobriràs tres llocs del món on s'explica la llegenda de Sant Jordi.

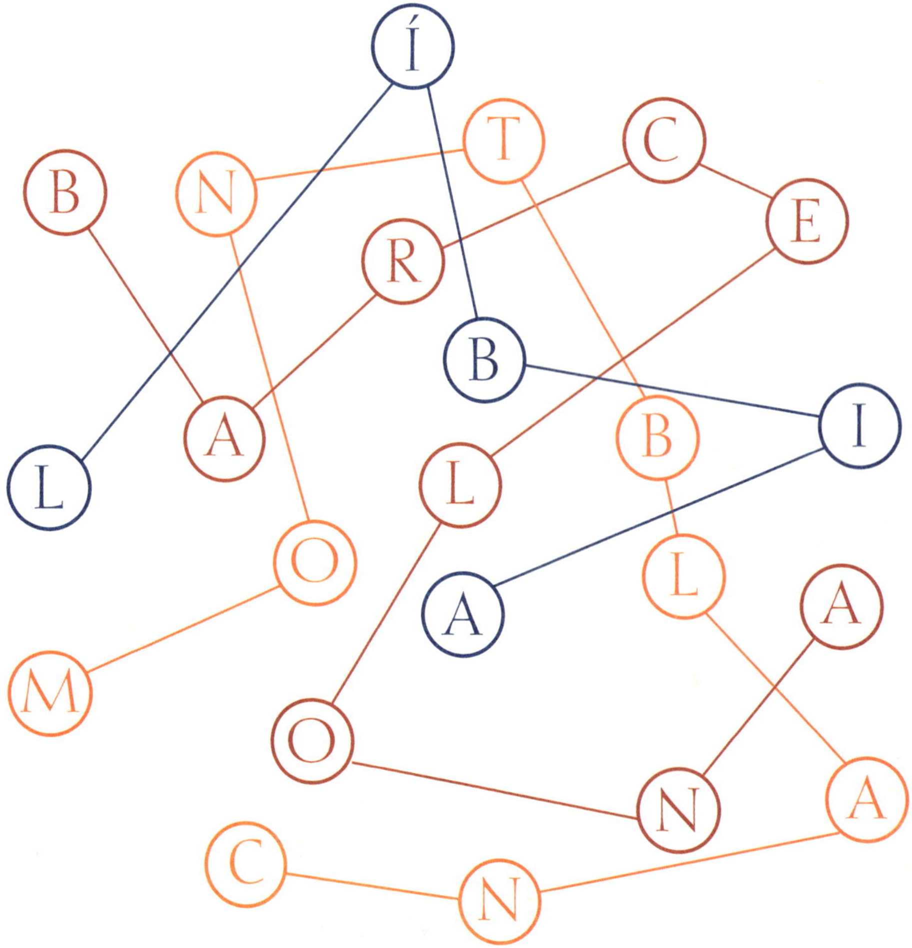

Activitat 4

Per completar els noms d'aquests animals, només has de trobar una lletra. Quina és?

_ R A N O T A

PORC SEN_LAR

_ A T

_OS

Solucions de les activitats

Activitat 1

Activitat 2

1. C
2. C
3. B

Activitat 3

Els tres llocs són:

Líbia
Barcelona
Montblanc

Activitat 4

GRANOTA

PORC SENGLAR

GAT

GOS